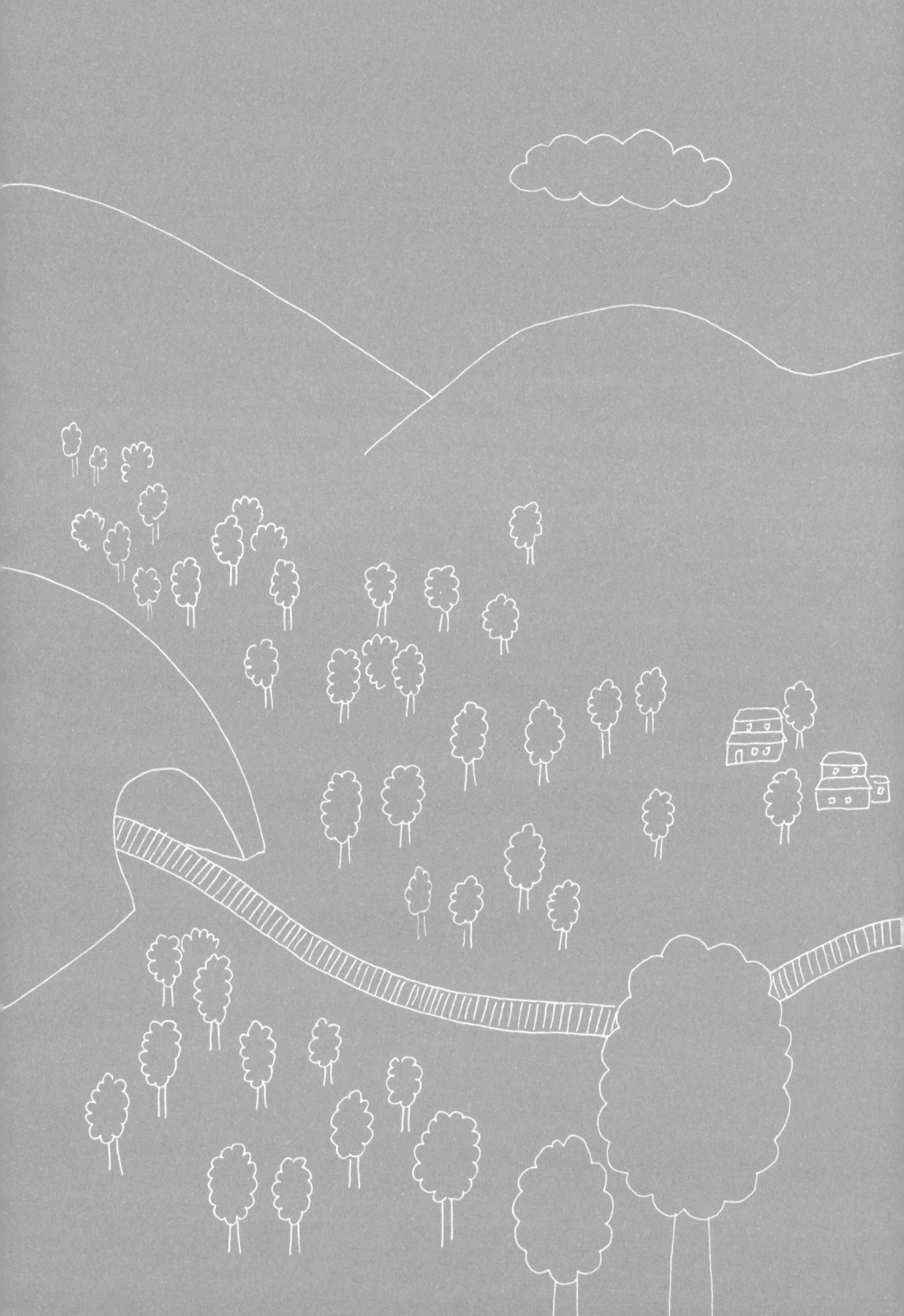

주말엔 숲으로

마스다 미리 만화
박정임 옮김

이봄

완성!

결심했던 것이 아니라

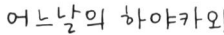
어느날의 하야카와

영차

되는 대로 해보자,

하야카와는 문득 생각했습니다.

한번 해보지, 뭐! 라고

'그래, 시골에서 살자.'

질끈

이거 편한 거 맞나?

생각했던 것입니다.

확고한 의지로

질끈

순조롭게 진행되고 있어요. 전혀 문제없습니다.

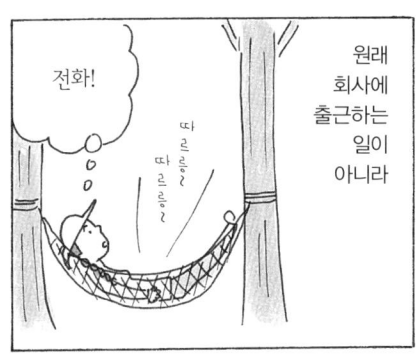

전화!

따르릉~
따르릉~

원래 회사에 출근하는 일이 아니라

주르륵
주르륵
주르륵

앗!!

하야카와의 직업이요?

네, 하야카와입니다.

집에서 혼자 하는 일을 하기 때문에

아니에요. 별일 아닙니다. 그럼 수고하세요.

그건 차차 설명하기로 하고…

아, 안녕하세요.

어떻게든 가능할 거라고 생각했습니다.

뭐하는 거야?

하야카와에게는 두 명의 친한 친구가 있습니다.

지금이요? 네, 물론 일하고 있죠.

* 주식회사 스바메가 운영하는 도쿄에 본사를 둔 서양식 레스토랑.
  1930년에 개업했으며, 방부제와 조미료를 사용하지 않는다는 원칙을 갖고 있다.

6

* 감자의 한 품종으로 홋카이도 특산품. 맛이 우수하고 비타민C가 풍부하다.
** 감자의 한 품종으로 껍질이 빨갛고 전분이 많다.

친구를 배려하고
소중하게
대하는 것이

지금으로서는
밭을 일굴 생각이
없는 듯합니다.

자신에게
부담이 된다면,
그 배려와
'소중함'은

조금 거짓이다.

이제 난
저녁까지
일을 할 거야.

라고 하야카와는
생각합니다.

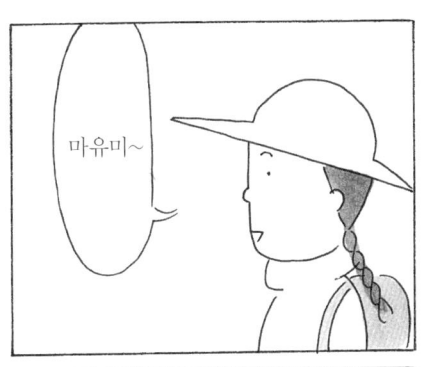

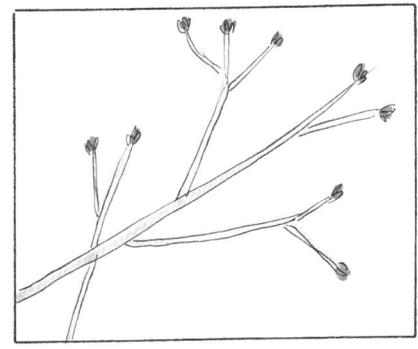

걷는 건
아니다.

성장하려고
노력하는
모습은
보기 좋아~

뭐야,

요즘
이런
생각이
들어.

시간이
아깝잖아.

왜
이렇게
걸음이
빨라?

여유롭게
사는 사람은
좋겠어.

하지만
~

앗!

응?

인간은
목적지에
도착하기
위해서만

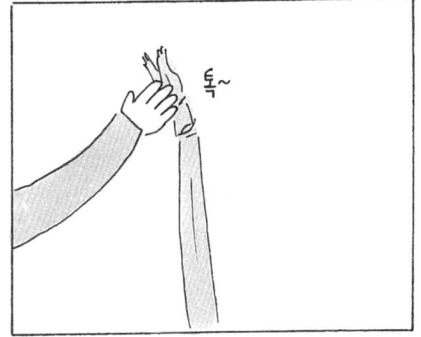

저기,
마유미.

정말,
뭔가
굉장히
남는
장사를 한
느낌인걸.

꽤 많이
뜯었네.

앞을
봐봐.

먹을 수
있는
다른
것도
있어?

있잖아~

물파초가
피어 있어.

와,
대단
한걸.

물론
있지~
지금
이라면
머위의
꽃대
라든가.

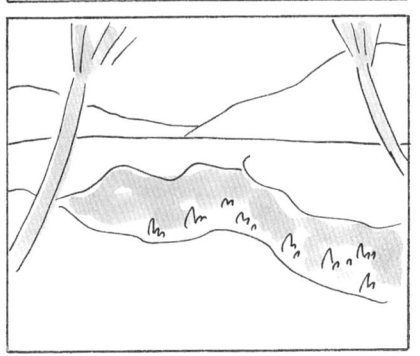

어디에
있어?

두근
두근
거려

14

누가 보지
않아도
핀다는 것.
참 싱그러운
느낌이야.

이런
눈 속에

응.

글쎄.

누가
보지도
않는데

응.

어차피 필 거라면
난 누군가가
봐주었으면 해.

그렇지만
피었어.

그렇지만
참
예쁘다.

응.

예쁘다.
정말.

응.

경리를 우습게 보는군.

제길, 늦었거든!!

어느날의 마유미

짜증나~

어쩌나…

하야카와의 친구인 마유미는 출판사에서 경리 업무를 맡고 있습니다.

휙~

저기~

너무 바빠…

월말에는 업무량이 엄청 많아집니다.

죄송한데요, 이거, 처리 방법이 맞나요?

네, 간신히요.

미안해!! 이거 아직 안 늦었지?

16

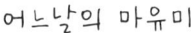
어느날의 마유미

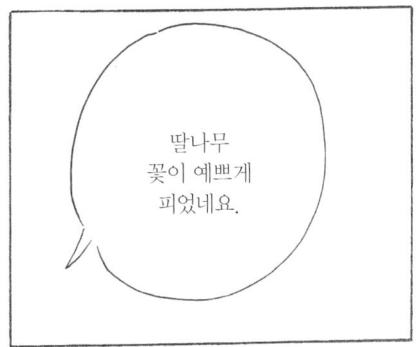

꽃 좋아 하세요?

네?

인간은 목적지에 도착하기 위해서만,

아, 네, 꽃이요~ 좋아해요.

걷는 게 아니다.

저도 출퇴근길에 계절별로 피는 꽃을 보는 게 즐거워요.

먼저 가요.

아,

시골로 이사하자 그나마도 조금 줄어들었습니다.

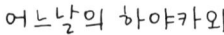

하야카와의 직업은 번역가입니다.

영어책을 번역하고 있습니다.

또 한 명의 친구, 세스코입니다.

도쿄의 한 거래처에서만 번역 의뢰가 들어오고,

* 베트남 요리를 전문으로 하는 체인 음식점.

하야카와, 마유미한테 들었는데, 채소 배달시킨다며?

네~

실례 하겠 습니다 ~

슬로 라이프의 기본은

자급자족이야.

도쿄에 또 새로운 호텔이 생겼다며?

응.

텃밭 같은 거 가꾸면 어때?

와, 짜조 맛있다~

앗, 이제 나가야겠다.

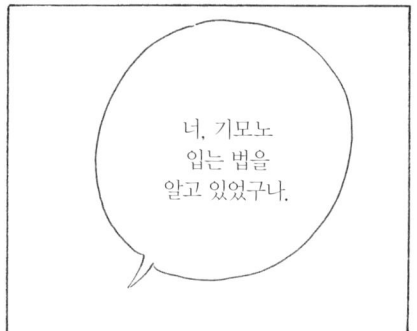

너, 기모노 입는 법을 알고 있었구나.

세스코, 미안. 잠깐 나갔다올게.

호오~

어? 말 안 했어? 강사 자격증 있는데.

어디에?

여기 와서 '기모노 입는 법 가르쳐드립니다'라고 쓴 전단지를 미용실에 가져갔었거든.

'기모노 입는 법' 가르치러.

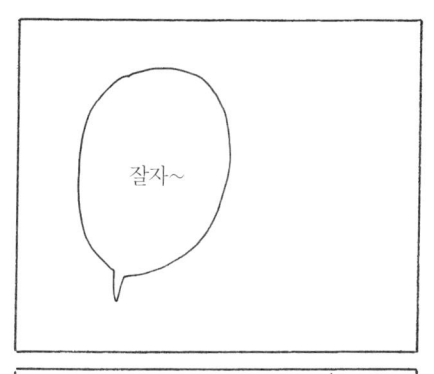

잘자~

흐음.

그랬더니 가끔씩 가르쳐달라는 연락이 와.

짹 짹

그게 돈이 돼?

흐음.

큰돈은 아니지만 도움은 돼.

호오~

도착~

택배 주문할 때.

둘세 둘세 둘세

왠지 기분 좋네.

안녕하세요

꾸벅

모르는 사람인데 말이지.

응.

고생해요~

'안녕하세요'라고 말했을 뿐인데.

저기, 하야 카와~

아니면 벌써 그런 나이인지도.

하하하

숲에서

금방 피곤해져.

어때? 속은 좀 괜찮아졌어?

응?

세스코.

미안, 이제 괜찮아…

초콜릿 먹을래?

요즘 쉬지를 못해서 그런가.

너도밤나무는 추위에 강해서 잘 부러지거나 하지 않는대.

'사티'* 파베 초콜릿 맛있네.

통신판매로 샀어.

강한 나무라서?

저 나무, 이름이 뭐야?

그게 말이지, 그 반대라서 그래.

흐음.

너도밤 나무야.

너도밤 나무는 부드러운 나무야.

이 주변은 겨울이 되면 눈이 꽤 많이 쌓이는데.

* Satie, 일본의 초콜릿 브랜드.

* 『패배한 개의 울부짖음(負け犬の遠吠え)』이라는 책에서 연유한 유행어.
  '마케이누(패배한 개)'는 '서른 살 이상의 미혼, 아이가 없는 여성'을 의미한다.

감사
합니다.

어느날의 세스코

어서
오세요.

어서
오세요.

하야카와의 친구
세스코는 여행사에서
일하고 있습니다.

이번
주말에
두 명
묵을 수
있는 곳
있어?

가까운
온천을
찾고
있는데

무엇을
도와
드릴까요?

학창시절부터
여행을 좋아했기
때문에

어디든
상관없어.

어느 지역을
원하세요?

비행기
예약
말씀
이십니까?

여행에 관련된 일을
하고 싶다고
생각했습니다.

네, 그러면 예산은 어느 정도로 ...

그래, 거기도 괜찮으니까 빨리 해줘! 시간 없어.

가까운 곳이면, 하코네는 어떠세요?

얼마든 좋으니까 빨리 해달라고 하잖아. 지금 날 무시하는 거야?

어떤 숙소를 원하시나요?

사람을 대하는 일을 하면서

됐어. 당신하고는 말이 안 통하네. 매니저 불러, 매니저.

저기, 손님.

제가 결정할 수는 없으니까 ...

자세한 것까지

세스코는 조금씩 사람이 싫어졌습니다.

잠시만 기다려 주세요.

당신, 프로 아니야? 대충 좋은 곳을 선택해달라고 하잖아.

아로마
마사지군.

아,
지친다.

아!

아무리 그래도
오늘 그 손님
태도!!

울컥

잘난 척은.

으드득
으드득

부드러운
나무는

응?

바로
발밑보다

무엇을
도와
드릴까요?

조금 더
해보고

조금 더
멀리
보면서
가야 해.

정말로
싫어지면
그때
그만두면 돼.

숲속에서
하야카와가
했던 말을

출발은
언제
이십니까?

부러지지
않도록
부드럽게

세스코는
문득
떠올렸습니다.

타닥 타닥

어두운
곳에서는

어서
오세요.

자, 이제 됐고.

도쿄에서 주차장을 찾았지만 깜짝 놀랄 정도로 비싸서

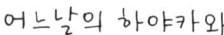

어느날의 하야카와

아, 왔나 보군.

과감하게 시골로 이사를 했던 것입니다.

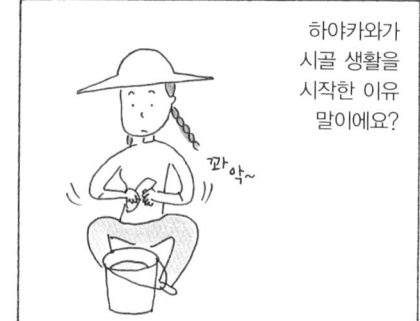

하야카와가 시골 생활을 시작한 이유 말이에요?

마중 나온 거야?

하야카와,

잡지의 독자 선물에 응모했다가

마유미는 늘 바쁘다고 하면서도 주말이면 가끔 놀러옵니다.

반짝 반짝 해졌네 ~

하이브리드 자동차에 당첨 되었기 때문입니다.

숲속에서 사는 거 아닌가?

시골생활 이라면

자, 센비키야*의 과일샌드위치야.

싫어. 혼자서 숲속이라니.

마유미는 역시 센스쟁이~

곰이라도 나오면 무섭잖아.

그런데

참카닥

사람이 나타나도 무섭고.

집이 바로 역 앞이잖아. 괜찮아?

* 과일을 주재료로 하는 체인 제과점.

41

평생을
논하기에는
우리들,
아직 너무
젊거든~

과일샌드위치
오랜만이네.

너야말로
무슨 소리야.
우리 벌써
서른하고도
중반이야.

도쿄에는
야채케이크
가게도 있어.

아!

뭔데?

그런데, 너 여기서
평생 살 생각이야?

마유미,
카약
타보지
않을래?

마유미,
무슨
소리야~

아
하
하

와, 호수다!

응.

구명조끼는 몽벨의 신품으로 질렀어~

찰칵

카약을 얻었다니, 누구한테서?

그럼, 호수 한 바퀴 돌고 올게.

근처에서 민박집 하시던 아저씨. 민박집 그만 두신다고.

괜찮아, 호수는 파도가 없거든.

괜찮 겠어?

기분이 상쾌해져~

이런 게 재미 있어?

43

노가 달라~
보트는 노가
고정되어
있잖아.

호오~

스윽   스윽   스윽

배에 맞는
노를 선택해서
저으면

저기,
하야카와~

정확하게
앞으로 전진할
수 있어~

보트는
뒤로
젓는데

하야카와~
잠깐만.

카약은
왜 앞으로
젓는 거야?

44

뭐?
내일 점심 먹고
돌아간다고
하지 않았어?

어느 주말

쇼핑 하려고
했는데 관둘래.

일
때문에
?

근데
내일 오후에는
내가 시간이 없어.

저기.

가정
교사?!

응,
가정
교사.

내일도
카약 타지
않을래?

그건 전혀 슬로 라이프가 아니잖아.

부탁을 받았거든. 같은 동네에 사는 중학생에게 영어를 가르치고 있어.

뭐야, 슬로 라이프라니.

아 하 하

오호~

제법 호평을 받고 있다고~

거북이도 아니고.

그리고 주민회관에서 기모노 교실을 해달라는 제의도 들어왔어.

뭔 소리야?

아, 마유미. 우린 '싸움에 진 다람쥐 탐험대'라고~

번역에 가정교사에 기모노 강사까지?

47

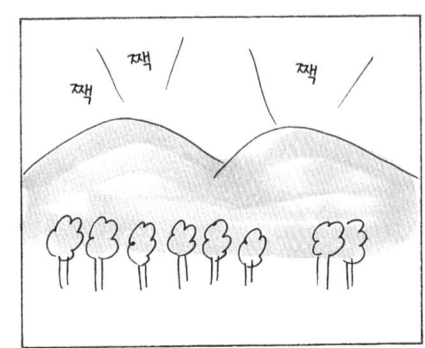

어느날의 마유미

그러면 서점에 가서 요리책을 사드려야지.

매해 선물은 잊지 않고 보냈었는데 ...

여기도 문을 닫았네.

내일은 도착할까.

벌써 9시네~ 뭔가 사서 택배로 보내면

또 뭐가 있지?

으~음

좋아

역 건물에 잡화점이 있었지.

그래, 그게 낫겠어.

내일 점심시간에 서둘러서 백화점에 다녀와볼까.

앗

닫았어......

손끝만
보지 말고

아~ 오늘
도착할 수 있게
해드리고
싶었는데.

가고 싶은 곳을
보면서 저으면,
그곳에
다가갈 수 있어~

선물
기다리고
계실지도
모르는데.

아,

손끝만
보지
말고

미호가
아니라
마유미야.

'자신이 가고
싶은 곳을
본다'라…

별일이라니,
뭐가.

결혼?
그런 소식
당분간 없을
거라니까~!

뒤적

뒤적

네, 네.
야채도
충분히 먹고
있어요.

여보세요.
엄마.

있잖아,

멈칫

엄마,

슈퍼
들렀다
갈까.

흐음

생신
축하해요.

일단은
엄마 선물로
야채를
많이 먹자.

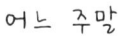
어느 주말

세스코도 시간이 되면 하야카와의 집에 찾아옵니다.

나 왔어~

응? 이건 뭐야?

세스코, 어서 와~

뒷문 으로 들어 왔어.

카야이야. 얻었어.

자, 선물. '오가와켄'*의 레이즌위치.

* 오가와 일가에서 운영하는 양과자 전문점.

아직도 집에 있어.

그리고는 금방 질려서 너한테 팔았었지?

하하하

하나는 마유미가 산 거야.

카약도 질리면 너한테 팔아넘길 생각 아닐까?

나는 됐어. 카약 같은 거 흥미 없어.

아하~

마유미는 요즘 카약에 빠졌어.

흐~음.

그런데 그게 말이지, 꽤 재미있어.

개는 예전부터 좀 엉뚱했지. 첫 월급으로 갑자기 색소폰을 사질 않나.

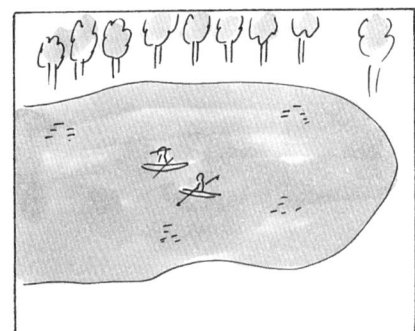

세스코~
기다려.

우주에 대한
상상을 할 수
있는 건
이 숲속
에서도

질 줄 알고?

인간뿐이야.

ㅎㅎㅎ.
따라 잡았다.

상상력이 없다면
인간다움이 없는
게 아닐까.

앗,
어머, 어머.

뭐래니~
나 먼저 간다~~

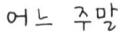

* 깻잎과 비슷한 녹색 잎으로 독특하고 강한 향이 특징이다.

숲속에는 무언가 그리운 향기가 있어.

아오지소는 스트레스, 불안감 해소에 좋대.

있잖아~

목가적인 말이네.

우리들은 계속 도시에 살았는데 말이지.

왜일까.

클라라! 말씀만 하세요~

하이디, 아오지소 추가해 주세요.

그리운 느낌은 어디에서 오는 걸까?

알 수 없지만, 무언가 그리워지면 기분이 참 좋아져~

응. 해가 길어 졌어.

봄이 가까워 졌어.

새 이름을 안다는 건 좋은 거구나.

그래, 오늘의 이 시간도 언젠가 그리워질거야, 하야카와 군.

응, 하지만 두부집 아저씨에 비하면 나는 아직 멀었어.

저 소리는 무슨 새야?

글쎄.

모르는 새가 없다니까~

'밀화부리'라는 새일지도.

멋지지 않아?

부리 주위에 검은 띠를 두르고 있는 것처럼 보이는 새야.

* 야생 벚나무의 일종.

왜 내가
'쳇'이라는 말을
들어야 하는 거지.

그건

'쳇'이라니...

아마도,

같은 방향으로
피했으니까
서로의 잘못인데…

'쳇'이라고
해도 될 만한
인간이라
판단했기
때문이겠지.

서로의 잘못이라고
생각해서
'죄송합니다'라고
말한 건데

내가 젊고
예뻤다면

자기보다 아래라고
생각한거야.

분명 '쳇'
따위의 말은
하지 않았을거야.

절대로
아무런 대응도
하지 않을 거라고
생각한거야.

분해!

여자니까

제길,
사람을
깔보다니,
나쁜 자식!

뿌득
뿌득

그건
아닐지도.

후~

* '고생하다'의 의미인 쿠의 발음이 숫자 9의 발음과 같다.

마지막은
확인사살을 위한
40

우주에
대한
상상을
할 수
있는 건

어떠냐,
이 저주의 로또.

이 숲속
에서도
인간뿐이야.

지금쯤
그 자식
엄청난 일을
당했을지도.

아...

그냥 '새'라는 건 없어.

세스코는 생각했습니다.

모두에게는 이름이 있으니까.

인간에게만 주어진 상상력을

응, 죽어 버리라고 하는 건 역시 옳지 않아.

흠~

복권

로또

이런 일에 사용하는 건 아깝다, 라고...

좋아, 점심은 카레*로 하자.

꾸깃

* 일본어로 카레는 '그 남자'를 의미한다.

오오타 씨네 중학생이 있는데, 여름방학 영어 숙제 봐주는 대신에

뭐?

어느 주말

그 집 할아버지가 텃밭을 가꿔주시기로 했어.

하야카와, 뭐해? 드디어 텃밭 데뷔한 거야?

모종이나 비료값은 내가 내는 거지만

호오~

아, 이거?

기초를 알면 하고 싶어지지 않을까 해서.

이건 말이지, 물물교환.

네가 좋아하는 '뱀부' 가방에 담아 달라고 했지.

역시 센스쟁이~

요즘 유행하는 무농약 채소!! 잡지사에서 취재 나올지도 몰라~

한 여름에 초콜릿 선물이라니 감동인걸.

역시, 유기 비료 정도는 써줘야 할까?

이 정도 로는 어림 없어.

이런~ 자연이 울겠어.

보냉제 많이 넣어 달라고 했어.

그건 그렇고 이것은?

응, 선물~ '데멜*'의 초콜릿이야.

* DEMEL. 오스트리아 황실 전용 베이커리라는 역사를 지닌 빈 최고의 카페로, 도쿄에 일본 지점이 있다.

그러니까

'진심으로' 라니 뭐가.

아!

친구 집에 놀러가면 일단 '편안해'라고 예의상 말하잖아.

서랍장이 늘어났네.

여긴 진심으로 편안하다고.

하 하 하 하

아이디어료 받아야 겠는데.

세스코 거야. 통신판매로 샀어.

선생님, 안녕 하세요.

진심 으로.

아~ 이 방은 마음이 편안해져.

안녕
하세요.

오오타 씨가 텃밭을
만들어주신 덕분에
매일 맛있는 채소를
먹고 있어.

오늘은
도쿄에서
친구가
왔어요.

매일 여기서 차를 마시며
이야기하는 것도 즐겁고.

그렇죠~

꾸벅

안녕
하세요.

우리집 오이 한번 먹어봐요.
방금 막 따서 가져온 겁니다.

오오타 씨,
차 한잔
드세요.

정말~

세 명이 다
모이기는
처음이네~

맛있~다.

아삭

아삭

잘 먹겠습니다~

후후후

오이가 이렇게
맛있는 거였나?

아삭

아삭

바로 딴
채소는
맛있구나!

세스코
~

오이야?

소금 뿌리고
찜통에 찌기만
했는데 말이지.

그렇지?

여긴 에어컨이 없어도 시원하네.

어느 주말

밤이 이렇게 조용한 거구나, 하는 생각이 들어.

정말. 우리집 근처는 한밤중에도 매미가 우는데.

오래 걸렸네~

목욕 끝~

맞아 맞아.

가끔은 까마귀도 울잖아.

세스코가 가져온 연어 절임이랑.

자, 자기 전에 한잔 할까.

아. 맞다.
이거 준다는 걸
깜빡했네.

물 위에
떠있는 거
기분 좋다.

뭔데?

세스코까지
카약을
사버리다니~

삼나무 잎이야.
살짝 문질러서
냄새 맡아봐.

저녁에는
일해야 하니까
너희들 일찍
돌아가~

네~

괜찮을 것 같긴 한데. 조금 더 긴 카약이 좋을거야.

자몽향이다!!

긴 게 똑바로 나가고 안정감이 있거든.

산뜻하지? 오오타 씨가 가르쳐줬어.

큰 바다에서 목적지를 향할 때는 똑바로 나가는 것이 빠를 테고.

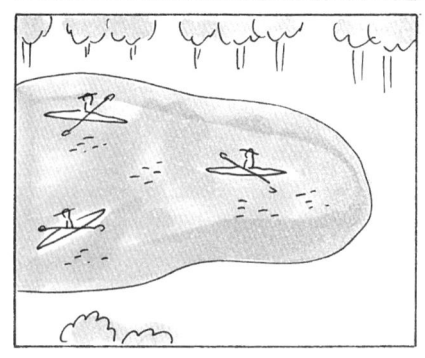

빙글~

강이나 호수에서는 작게 회전할 수 있는 것이 편리하고.

그렇군.

하야카와~ 이 카약, 바다에서도 탈 수 있을까?

86

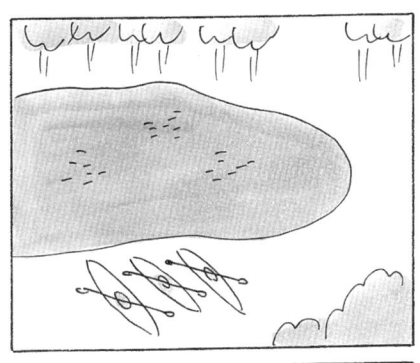

똑바로
나갈 것인지,

많이
만들어오길
잘했다!!

아~
배고프다.

작게 회전하면서
빠져나갈 것인지,

아
하
하

우리, 목가적인
삶을 사는 사람들
같지 않아?

상황에 맞는 것을
선택하는 편이
좋지 않을까.

싫어~
귀찮게.

하야카와,
매실장아찌
같은 거 만들어
보면 어때?

근데~
배고프지들
않아?

얄미운 아저씨.

앉아 있기만 하면서 월급은 많고.

마유미 씨, 잠깐만.

그리고 그런 사람일수록 귀찮은 일을 시킵니다.

마유미는 짜증이 나 있습니다.

타닥

타닥

타닥

오늘 오후에 손님이 올 건데.

네?

짜증을 내면서 일을 하고 있습니다.

'도라야*'의 양갱을 좋아하는 분이거든. 점심시간에라도 좀 사다줄 수 있을까?

헐~

일을 하지 않는 사람이 있기 때문입니다.

* 1520년(비공식적으로는 1241년)에 생긴 일본식 전통 과자점. 일본 왕실 납품업체이며, 양갱이 유명하다.

'난 당신의
열 배는 일하고
있습니다'라고
말하는 건?

가끔은 일도 좀
하라고!!

실제로,
그 정도는
일하고 있는
느낌이다.

이렇게 말하면
얼마나
속 시원할까~

후우~

바쁘니까
직접
하세요.

라고 말하면
얼마나
기분 좋을까~

작게
회전하며
빠져나갈
것인지

회사에 오면
짜증나는
일뿐이야!

상황에
맞는 것을
선택하는
편이 좋지
않을까.

아,

회사는 커다란
바다가 아니다.

똑바로
나갈 것인지

빠져나갈까~

바다보다 좁고
작은 곳이다.
게다가 바위도 있고
굴곡도 있다.

똑바로
나아갈 수
없는 곳을
직진용의
긴 배로
가려고 하면

'도라야'의
양갱.

톳수

언젠가
고장 날지도
모른다.

사다
주는
값이야~

남는 건
내가 전부
가져야지.

작게
회전하면서

한 달에 한 번 뿐이지만

수업, 하기로 했구나.

어느 주말

꽤 재미있어~ 할머니들이 많이 오셔서

웬 기모노?

옛날 기모노도 보여주고 하시는데, 정말 예뻐.

세스코, 어서 와~

내가 오히려 공부가 될 정도야.

호오~

주민회관에서 기모노 강사 시작했어. 오늘 수업하는 날이었어.

가을 바람이 좋다. 호젓하고.

와아~

자, 그대가 요청하신 선물이야.

멍하니~

이거 먹어보고 싶었어.

'치모토*'의 야쿠모 모찌.**

응?

달 뒷면은 어떤 모양일까?

달은 언제나 같은 면이 지구를 향하고 있대.

요전에 만났을 때는 더웠는데 벌써 서늘해졌어.

* 도쿄 치모토에 있는 일본의 전통과자점. 1965년 창업 당시의 제조법을 그대로 유지하고 있다.
** '치모토'에서 개발한 모찌로, 야쿠모라는 지명에서 이름을 땄다.
   찹쌀가루에 흑설탕과 캐슈넛을 넣고 졸여 만든 모찌를 대나무껍질로 포장해서 판매하고 있다.

음~
글쎄.

이제
정말
가을
이네.

아!

보러
오고
싶다~

한 달만
있으면
단풍이래.

응?
이
꽃을?

이거
이거

안녕
하세요.

이
풋콩같이
생긴 거?

꽃말고
이 녹색
부분.

이 시기에는
숲에 어떤
먹을거리가
있어?

물봉선 씨야. 잡으면 팡하고 터져.

이 상태로 그냥 먹으면 되는 거야~?

뜯어서 먹어봐. 맛있어.

뭐야! 먹을 수 있는 건줄 알았잖아.

튀어나온 씨가 흩어지고, 그 씨앗들이 다시 싹을 틔우는 거야.

뭐않어~

살~ 짝

식물도 자손을 남기기 위해 궁리를 하는구나.

앗!

팟

알 수 없지.

우리들은 자손을 남길까?

뭐야 이거 ~?

야

아하하핫

귀엽다~

엉겅퀴야.

이번엔 정말 이지~?

세스코, 잠깐만~ 이건 먹을 수 있는 열매야.

엉겅퀴 꽃은 고개를 떨어뜨리고 피었다가 점차 고개를 들어.

달다~

산딸나무 열매야. 먹어봐.

꽃이 피고나면 고개를 들고 싶다는 생각이 드는 게 아닐까.

약간.

껍질이 조금 쓰긴 하지?

내가 이 세상에 피었다고 말이지~

아, 이 꽃 본 적 있어.

숲에서

산호랑 나비의 유충이야.

하아~

싫은 일이나 귀찮은 일은 전부 사라지면 좋을 텐데.

살짝 냄새 한번 맡아봐.

응?

세스코, 이거 봐봐.

싫어~ 무서워.

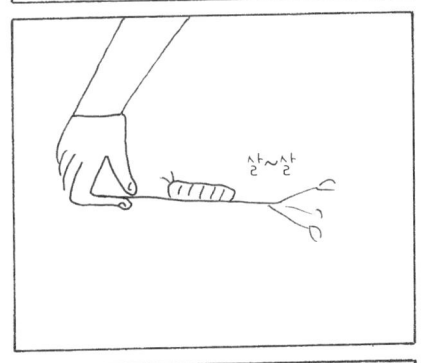

살~살

그렇긴 해도.

유충이라서 달려들거나 하지 않아.

앗! 송충이!!

힘내렴.

내년 봄에는 산호랑나비가 되는 거야.

산호랑나비의 유충은 귤 냄새가 나.

내년에 만나자!

킁 킁

응?

저기, 세스코.

진짜~

내년을 약속하는 건 좋은 거 같아.

자, 되돌려 놔줘야지.

응.

자, 이제 그만 갈까.

자신이 내년에도 건강하게 있을 거라고 생각할 수 있는 지금,

좋지 않아?

낙엽 위를 걷는 것도 좋네. 폭신폭신해.

마음의 씨앗이 팟하고 터지는 듯해.

사장실의 카펫이 이런 느낌 아닐까?

내년에는 씨를 뿌려보고 싶은걸.

아무것도 하지 않고 뒹굴뒹굴.

우리들, 숲의 사장님이야.

아하핫

쓰고 싶은 대로 쓰는 거지.

돈은 은행에 잔뜩 넣어 두고

그거 좋죠~ 하야카와 사장님.

세스코 사장님, 다음에 골프라도 칠까요?

이 백화점~ 저 백화점~

난 있어. 연습장 골프지만.

해본 적은 없지만.

아하하하   아하하하

날다람쥐처럼 깡충깡충 날아다니면서 쇼핑을 하는 거야.

아~~ 매일 놀면서 살면 좋겠다~

날다람쥐도 힘들겠네.

호오~

그렇지만, 날다람쥐라고 날기만 하는 것은 아니야.

정말…

편하기만 할 수는 없는 법이니까.

날다람쥐는 위에서 아래를 향해 날지만,

내일부터는 다시 출근이군~

투우—

그래?

아래에서 위로는 날지 못해.

오~

날다람쥐여 ~ 오르라! 다시 하늘을 날기 위해!

아래로 내려오면 다시 나무를 오르지 않으면 안 돼.

전 뭐라 말씀 드리기가...

음, 글쎄요. 어떨까요. 그것만 으로는

그뿐만이 아닙니다. 에둘러 설명하는 것도 이제 참기가 힘듭니다.

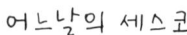
어느날의 세스코

당신 말투 정말 지겹다고!!

이런 상품도 있습니 다만,

여행사에서 근무하는 세스코는

날씨는 신만이 아는 일이지요.

큰 목소리로 빙빙 돌리는 그 말투.

네, 그럼 요~

이 상품은요~

옆자리 선배의 큰 목소리가 지긋지긋 합니다.

계속해서 듣고 있으면 선배의 목소리가 가득 쌓여 마음을 짓누르는 듯합니다.

두구~

왜 저렇게 크게 말하는 거야.

이렇게 하면 되는 건데, 알겠어요? 저도 예전에 이 부분 자주 틀렸었어요.

어? 이거 어떻게 하는 거였지?

그렇지만 결코 나쁜 사람은 아닙니다.

자, 그러니까.

아, 네. 알겠어요. 고맙습니다.

네?

죄송하지만, 여기 어떻게 쓰는 거죠?

예를 들면, 이런 경우에도, 이런 식으로 하면 되죠.

아, 맞다.

아~ 이거 말이군요. 어? 얘기하지 않았나? 그래요. 틀리기 쉬운 부분이라…

뭐, 자주 있는 경우는 아니지만.

네ー

물어본 것만 대답해 주면 된다니까!

주저리 주저리

간단하게 끝날 질문 이거든요.

아ㅡ

피곤
하다.

그 목소리
듣는 거
지긋지긋해.

우리들은
달의 뒷면을
모르는
거지.

착하지만
지긋지긋하다,
라고

그건 또
그대로
좋을지도.

생각하는 것은
옳지 않겠지.

이런 이런,
머리 잘랐네요.
무슨 일로?

달은
달이니까.

수상한데~
무슨 일
있었던 거
아닌가요?

기분
전환
이요.

그래.

세스코는
아이디어를
생각해냈습니다.

짹

짹

손님이 없을 때는
몰래 오른쪽 귀에
귀마개를 하는
것입니다.

어라?

어라?

좋은
아침
입니다.

110

세스코는 자신을 지키기 위한 작은 비밀 하나쯤은 있어도 괜찮다고 생각했던 것입니다.

머리를 잘랐기 때문에 귀마개는 보이지 않습니다.

엉겅퀴 꽃은 고개를 떨어뜨리고 피었다가 점차 고개를 들어.

'목소리가 큽니다'라고 말할 수도 없으니

두두

꽃이 피고나면 고개를 들고 싶다는 생각이 드는 게 아닐까.

참을 수 없을 때는 이 방법으로 견뎌야지.

여보 세요.

두두두

달에도 비밀의 얼굴이 있듯이

조심
해서
들어가
세요.

아,
마유미.
어서 와.

그러면 이만
가볼게요.

아니.

기모노
교실 있는
날이었어?

와주셔서
감사
합니다.

기모노를 입고
우리집에
놀러오셨어.

다음달에
안내장
보내드릴게요~

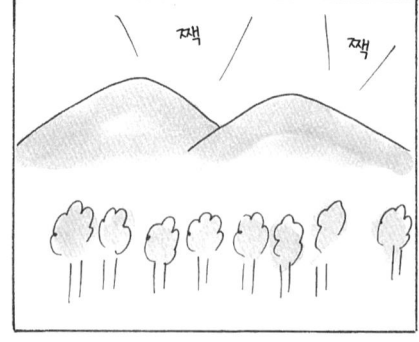

* 2012년 창업 100주년을 맞이한 식육판매전문점.

저기,
또 뭐
로맨틱한
것 없어?

으ー음

맞아
맞아.

그런 걸
알고
있으니까
멋있어
보이네.

갈매나무
열매를
먹으면
설사한다.

남자들
유혹할 때도
먹힐 것
같지 않아?

야!
하야
카와
~

하
하
하

그럴
듯한데.

뚜
뚜
뚜

이거.

아,
마유미.

연상을
좋아하는
연하의
남자나.

그래서, 먹을 수는 있지만

마유미.

자신이 잘 알지 못하는 것에는 접근하지 않는다.

그림책에 나오는 것처럼 색깔이 예쁜 독버섯은 적어.

이것도 숲에서는 중요한 부분이야.

대부분 구별하기 힘든 모양이야.

당연히 따야지.

송이버섯이 확실하다면?

아까의 버섯은 아마도 담자균류의 버섯일거야.

울음 소리로 기억하면 편해.

새 이름은 외우기가 힘들어~

숲에서

지금 치-치- 하고 우는 새는?

아!

'치-치-'는 동박새.

오늘은 쌍안경 가져왔어.

뭔데?

부스럭 부스럭

지금의 '니-니-'는?

새 관찰하자.

118

응?

마유미.

곤줄
박이야.

쌍안경으로
새를 찾는 건
어려워.

앗,
깜빡
했네.

뭐해, 빨리
쌍안경으로
보여줘.

먼저
자신의 눈으로
숲 전체를
보는 거야.

어
디
야?

새소리가 들리면,
나뭇가지의
흔들림을 보거나
나뭇잎 소리에
귀를 기울여.

하야
카와~

어?
어~디~?

119

나뭇가지가 흔들리고 있는 저기인가.

그리고 그것들을 잘 관찰해서 추측을 하는 거야.

딱따구리인가?

있다, 있어!

쌍안경으로 보는 건 그다음.

귀여워~

쇠딱따구리야.

그렇군~

귀엽다~

아, 저기에도 있어

앗, '기-기-'하는 소리가 들려.

먹이가 있는 곳이 조금씩 다르기 때문에

자세히 보니까 새가 참 귀엽네.

그렇군~

보고 싶은 새를 찾을 때는 그 새가 좋아하는 먹이가 있는 곳이 포인트야.

새에 따라서 좋아하는 장소가 달라.

나 쌍안경을 사야겠어.

덤불 속을 좋아하는 새도 있고,

하야카와, 그런데

호오~

낙엽이 있는 곳을 좋아하는 새도 있어.

121

어른이 된 것 같은, 그런 기분이 들어.

어른이 되면 뭐든지 알게 될 거라고 생각하지 않았어?

응.

우리는 아이도 낳은 적이 없고~

응.

그렇지만 모르는 게 산더미처럼 많아.

뭐야, 난 포기 안 했거든.

평생 모를 수도 있고.

뭔가.

왜?

앗!

모르는 세계가 가득하다는 것을 알기 위해서

이곳을 지날 때 늘 너를 떠올렸어.

뭔데? 또 먹을 수 있는 열매?

응?

마유미.

나 한 가지 알았어.

열매를 맺었네, 마유미.

마유미 나무?

마유미 나무에 열매가 열렸어.

아이가 없더라도 친구는 필요하다는 것.

이 작은 분홍빛 열매가 열린?

봐, 이게 마유미* 라는 나무야.

* 참빗살나무의 일본어 이름이 '마유미'이다.

123

그래서? 크리스마스는?

하야카와는 지금 숲에서 산책하고 있을까?

하아~

그냥 일하는 거지.

호호호

숲 하면 역시 조류관찰이지. 쌍안경도 샀고~

지금, 데자뷰인가 했는데.

걱정 마!

마유미 또 질렸다고 나한테 팔아넘기지 마~

와아~

우리들 확실히 3년 동안 같은 대화를 하고 있어.

참 빠르네.

다음달이 벌써 12월이야.

그것보다,
오늘 뭐 먹을까?

마유미,
질문
있습니다.

저요

오,
좋은데.

이 근처에 맛있는
두부요리집이
생겼다던데.

알게
뭐야.

소개팅은 대체
누가 하고
있습니까?

거기 가보자.
지금 가면
안 기다려도
되지 않을까?

전혀.

좋은 소식 안거줄
사람 누구 없나~

아.

세스코, 지금 이야기도
백 번 정도 했어.

두부요리집에
독신 남성들은
안 와.

여자들이나
커플밖에 없는
곳만 다니니까
기회가
없는 거야.

응!

새에 따라서
좋아하는
장소가 달라.

먹이가
있는 곳이
달라!

보고 싶은 새를
찾을 때는
그 새가 좋아하는
먹이가 있는 곳이
포인트야.

뭐가!

뭐야~
먹이 같은
표현 쓰지 마.

정말~

세스코,
그 집 가지 말자.

127

결정!

뭐, 가끔은 주점도 좋지.

그럼 어디로 가면 되는데?

대중적인 주점 같은 곳 아닐까?

역시 그렇게 생각대로 되지는 않는구나~

일본 전통주가 진열되어 있는 주점.

어? 마유미 씨!

토요일에는 아마추어 야구팀에서 회식을 하러 올지도 몰라, 남자들이.

회사 후배 시부야는
유부남입니다.

우연이네요~
친구 결혼식
다녀오는
길이에요.

와,
시부야~

그렇지만 멋진 바에
함께 있으면.
둘 사이에
이상한 기류가
생길지도
모르는 일입니다.

근처에 좋은
바가 있는데
한잔 안 할래요?

자신이
잘 모르는
것에는
접근하지
않는다.

괜찮
아요?

아쉽게도
감기 기운이
좀 있어서…

콜록
콜록

서른다섯의
불륜은 위험한
짓이야~

투수~

몸
조리
잘하
세요.

고마워.

키우지 않지만, 키우는 것 같지?

무지 크네~

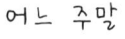

방에 들어가서 네가 사온 선물 먹자.

날이 서늘 하네.

어, 세스코 머리 잘랐구나.

딱 보니 '우사기야*'의 도라야키** 같은데?

짧게 자른 거 오랜 만이네.

응.

고타츠는 참 훌륭한 물건이야.

옆집 고양이야.

고양이 키워?

* 일본식 전통 제과점.
** 밀가루 반죽 사이에 팥소를 넣어 구운 일본 전통 빵.

130

백화점 지하를 할 일 없이 돌아다니고 싶어질 때도 있고

기분 좋아서 빠져나올 수가 없지.

주변 사람들이 귀찮은 날도 있어.

도시로 돌아가고 싶어진 적 있어?

그리고 또 애인을 찾고 싶지만…

물론 있지~ 잡지에서 맛있어 보이는 음식점을 발견했을 때나

네, 네.

도시에 있는 너나 마유미도 싱글이니 뭐.

밤늦게까지 영업하는 책방이 그리워질 때.

저기,
세스코.

난 기모노의 허리띠 매듭으로 보여.

두두   두두

사마귀 대가리 같아.

이 하눌타리의 씨에는

자연이 만드는 모습은 참 신비해~

하눌타리 나무가 되기 위한 모든 것이 갖춰져 있어.

응.

하 하 하

모양은 이상한데 말이지.

신비해.

* 모감주에 구멍을 뚫고 채색된 새의 잔 깃을 서너 개 꽂아 공을 만들어서 채로 주고받는 전통놀이. 배드민턴과 비슷하다.

이런
숲속의
잡초들은

응.

재밌네~

커다란
나무에
가려
햇빛도 못
보는데
살아
있잖아.

거기에
비하면

조금의
빛으로도
살아갈
수 있는
강인함이
있는 거지.

발밑의
잡초들은
참 재미가
없네.

그래도
대단하지
않아?

이 자료, 금액이 맞지 않는다고 항의가 들어왔어.

아, 죄송 합니다.

세스코는 불쾌했습니다.

어?

조금 전에 이런 일이 있었습니다.

젊은 애도 아닌데, 확실하게 해야지.

세스코 씨.

네.

조금 전

분명히
'그 나이에
독신이니까'
라는 의미야.

즉

네?

정년
까지

그렇지만
세스코가 정말로
불쾌했던 것은
이 부분이
아니었습니다.

계속
일할 생각
아닌가?

응?

저기요.

그
이
후

상사에게 꾸중을
들었던 것입니다.

저,

지금
부장님한테
이거
틀렸다고
한소리
들었어요.

'계속 일할
생각'이라니,
무슨 뜻이야!

137

나중에 알게
될 것이라
생각했기
때문입니다.

미안, 이거
내가 한 거네.

그런데 선배는
부장에게
사실을 말하지
않았습니다.

미안한데 대신 수정하고
사과 좀 해줄래?
지금 하던 일이 있어서.

어서
오세요.

사소한
일일지라도

이 선배의
태도가
세스코를
불쾌하게 했던
것입니다.

국내여행
이세요?

누명을
쓴 것은
불쾌했습니다.

아까 부장에게
자신이 실수한
것이 아니라고
말하지 않은 것은

아니야
아니야
아니야

불쾌한 게
아니야.

후우~
점심시간
까지가
무지
길었네~

불쾌한
느낌
따위가
아니야.

점심 뭐
먹을까.

뭔가   이건

아니야.

왜일까?

짓밟힌
기분이야.

화가 나는
것과는
다르다.

하지도 않은 일이
자신의 탓이
되었을 때

증오심 같은
격한 감정이

자신의 존재가
업신여김을
당한 듯한

점점
끓어올라
나의 마음을
괴롭힌다.

그런
기분이
드는
것은

인생 상담처럼
되는 것이 아니다.

그렇다고
해서

해답지를
들고

라고
말할 수도
없고…

이제 와서
'내가
잘못한
것이
아니다'

걸어갈 수
있는 것이
아니니까.

그렇지만
몰랐는걸!

말하려면
처음에
했어야지!

첫

구차하군.

간단한 것이 아니야.
말하면 되는 게
아니야.

죄송하지만 바빠요.

네?

실례 합니다.

바쁘면 뛰어가! 못생긴 게.

간단한 설문조사 좀 부탁드릴게요.

아, 지금 좀 바쁜데요.

사무직 이시죠?

금방 끝나요.

나에게는

나에게 필요한
모든 것이
갖춰져 있는
걸까?

하눌타리의
씨앗에는

갖춰져
있지

하눌타리 나무가
되기 위한
모든 것이
갖춰져 있어.

않은
기분이 들어.

난 오늘
아무
잘못도 안
했는데.

하지만,
하야카와.

그래,
그래.

그럼 먼저
시작하자,
신년회.

어느 주말

잘
부탁해
~

건~배

올해도

마유미가
가져온 선물
맛있어~

아~

세스코가
늦네.

나고야에
사시는
할아버지가
보내주신
거야.

무
장아찌
맞지?

걔, 올지
안 올지
확실하게
말 안 했는데.

144

하하하,
맛있었어.

부드럽고
맛있었잖아.

송년회 때는
고마웠어.

맞다~

스페인이야,
하와이야.

너의
훌라댄스도
반응 좋았고.

다행이네
~

할머니들이
즐거우셨대.

여자도
서른다섯이 넘으면
여러 가지를 배우기
시작하나봐.

괜찮
았어.

스페인 요리도
꽤 괜찮았었지?

그러게, 반 년 배우다
말았던 훌라댄스가
한몫했어.

그렇지만
파에야에
어묵을 넣다니
웃겼어.

145

147

스노슈즈?

뒷담화
대회!

하
하
하

하
하
하

이거 신으면
눈에 빠지지
않고 걸을 수
있어.

응,

너희 것도
빌려왔어~

눈 쌓인 숲으로
산책가자.

숲에서

세스코, 저건 참새야.

새하얀 눈 위에 발자국을 남기니까 호사스러운 기분이네.

아, 네-

아 라 라 라

정말, 최고의 호사!!

아는 새가 처음 본 새처럼 보이는 건

호사 삼매경!!

새의 아름다움이 보였다는 거야, 분명.

하야카와, 저 새는 뭐야?

이제 점심 먹을까?

나,

눈 테이블을 만들자.

참새가 되어서 자유롭게 하늘을 날고 싶어~

정말!

멋지다~

자유 롭게 ~

얘들아~ 여기 봐봐.

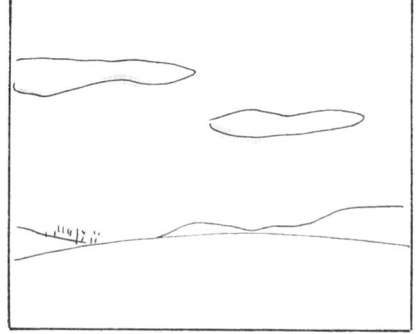

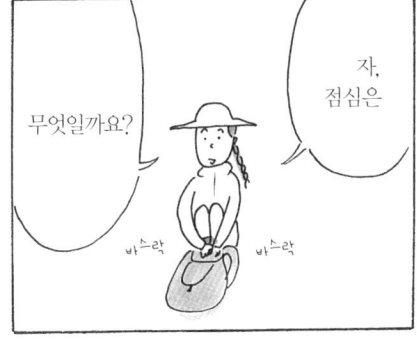

하야카와, 디저트는 뭐야?

절대 이런 일 없을 줄 알았는데.

국물을 다 마시다니

분명 비장의 디저트라고 했어.

조금 신경 쓰이지만,

염분

칼로리와

무엇 일까요?

과연

자연을 위한 일이니까 괜찮아~

하야카와는 디저트에 까다로우니까~

뭐지? 유명한 거야?

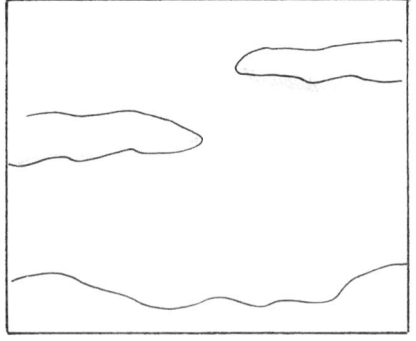

* 일본의 대형 제과회사. 우리나라의 '가나초콜릿' 같은 이미지.

눈 속은
참
조용하네.

하늘이
파래.

세스코.

하늘을
날고 있어.

우리,
하늘을
날고 있어.

참새만큼은
아니지만.

이 숲은
지금 눈이
1미터나
쌓여 있어.

그래,
하야카와.
그럴지도.

그러니까
우리는 땅에서
1미터 높은 곳에
있는 거지.

우리들 조금은
자유로운지도~

세스코,
우리

이건

자, 이제
그만 가자.

우리들의

그래

그래

생명의
형상이야.

앗, 봐봐.
눈 위에
사람 형상.

오호~

기다려 ~

지금, 뭔가

마유미가 좋은 말을 한 것 같은 기분은 드는데,

아~

마유미 말에 울림이 없는 것은 왜일까?

날씨 좋다~

거기서, 세스코!

아, 배고프다~

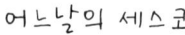

어느날의 세스코

날씨 좋다!

감사합니다. 안녕히 가세요.

빵 사서 공원에서 먹을까.

뚜벅뚜벅

네, 네.

점심 먹고 올게요.

아, 다행이다.
엄마를 놓친 줄 알고.

저쪽
이요.

뚫어져라

논병아리는
재미있는
녀석이에요.

저건
새끼가
아니에요.

저기
보세요!

저 새는 논병아리라고
하는데, 저게 이미
어른이에요.

물속에 들어가서
상당히 오랫동안
나오지 않아요.

새끼 오리랑
헷갈리죠.
후후후

친구가
숲 가까이
살고
있거든요.

네.

숲이요?
부럽네요.

네.

앗, 지금
나왔어요!

이 근처에
계세요?

새에
대해 잘
아시네요.

저도요.

전 사무실이
바로 옆입니다.

두두

주워들은
풍월
입니다~

두두

주말엔 숲으로

1판 1쇄 발행 2012년 12월 15일
1판 30쇄 발행 2023년 2월 27일
2판 1쇄 발행 2024년 6월 28일
2판 2쇄 발행 2025년 6월 2일

지은이 마스다 미리
옮긴이 박정임
펴낸이 김소영

편 집 고미영 이예은 이은주
디자인 이효진
저작권 박지영 형소진 주은수 오서영 조경은
마케팅 정민호 서지화 한민아 이민경 왕지경
        정유진 정경주 김수인 김혜원 김예진
        나현후 이서진
브랜딩 함유지 박민재 이송이 김희숙 박다솔
        조다현 김하연 이준희
제 작 강신은 김동욱 이순호
제작처 더블비(인쇄) 중앙제책사(제본)

펴낸곳 (주)이봄
출판등록 2014년 7월 6일 제406-2014-000064호
주소 10881 경기도 파주시 회동길 210
전자우편 yibom@munhak.com
대표전화 031-955-8888
팩스 031-955-8855

ISBN 979-11-90582-76-6 17830

www.munhak.com